기쁨은 힘을 이기기도 합니다.

신 민 섭

글 설민석

설민석은 어른, 아이 할 것 없이 누구에게나 쉽고 재미있게 이야기를 전달하는 최고의 '스토리텔러'입니다. 아이들이 고전에 녹아 있는 옛사람들의 삶의 모습을 이해하며, 오늘을 살아갈 지혜를 얻길 바라는 마음으로 『설민석의 우리 고전 대모험』을 썼습니다. 그동안 지은 책으로 『설민석의 한국사 대모험』, 『설민석의 세계사 대모험』, 『설민석의 삼국지 대모험』, 『설민석의 그리스 로마 신화 대모험』 등이 있습니다.

글 최설희

동국대학교 문예창작학과를 졸업하고, 어린이 책을 만들고 쓰는 일을 했습니다. 지금은 두 아들과 함께 여전히 읽고, 이야기하고, 쓰고 있습니다. 지은 책으로 『조선에서 레벨업』, 『에그박사와 공룡 에그』, 『처음 읽는 그리스 로마 신화』, 『조선스타실록』, 『고릴라 올림픽! 우리 윗집이라니!』, 『내가 먹는 음식』 등이 있습니다.

그림 강신영

1995년 만화계에 입문하여 2007년까지 무협 만화를 그렸습니다. 2007년 『태왕사신기』 작품을 시작으로 현재까지 어린이를 위한 학습 만화를 그리며 아이들에게 재밌고 유쾌한 작품을 전하고 있습니다. 대표작으로 『Why?』 시리즈와 『용선생 만화 한국사』, 『겜브링의 공룡대전』, 『곤충보다 작아진 정브르』, 『권일용 프로파일러의 사라진 셜록 홈즈』 등이 있습니다.

감수 류수열

서울대학교 국어교육과 및 동 대학원 국어교육학 박사 과정을 졸업하였으며, 현재 한양대학교 사범대학 국어교육과 교수로 재직 중입니다. 대표 논저로 『문학교육을 위한 고전시가작품론』(공저), 『청소년을 위한 고전소설 에세이』, 『문학교육개론 II』(공저), 『수능 국어 영역에 대한 비판적 점검과 발전적 방향 모색-수능 평가의 본질 회복을 향하여』 등이 있습니다.

✦설민석의✦
우리 고전
대모험
❹ 토끼전

Dankkumi

선조들의 지혜와 가치가 담긴
또 다른 역사, 우리 고전!

여러분, 안녕하세요. 설민석입니다.

이 책을 펼친 여러분들은 아마 역사에 대한 글을 쓰고, 강연을 하는 설쌤을 좋아하는 분들일 텐데요. 그런 제가 이번에는 여러분께 우리나라의 고전 문학을 들려드리려고 합니다.

몇 해 전, 사료 공부 중에 〈춘향전〉을 깊게 읽어 보게 되었습니다. 그때 느낀 놀라움은 제가 역사를 처음 공부했을 때의 감동, 바로 그것이었어요. 〈춘향전〉은 제가 읽은 그 어떤 책보다 흥미진진하고, 감동적이고, 교훈적이기까지 했거든요. 그리고 다짐했습니다. 제가 사랑하고 저를 아껴 주는 우리 친구들에게 고전이라는 보물을 꼭 알려 줘야겠다고 말이지요.

고전을 왜 읽어야 할까요? 저는 고전이 선조들의 삶의 지혜와 가치가 담긴 또 다른 역사라고 생각합니다. 고전을 통해 그 안에 녹아 있는 옛사람들의 삶의 모습을 이해하며, 오늘을 살아갈 지혜를 얻을 수 있기 때문이지요.

그래서 우리 고전 가운데 가장 재미있는 이야기를 모으고, 대모험의 세계관을 더해 〈설민석의 우리 고전 대모험〉을 직접 들려드리려 합니다. 꿈과 현실을 넘나드는 고전 속 이야기는 꿈을 키워 갈 여러분에게 좋은 자양분이 되어 줄 거예요. 자, 그럼 설쌤과 함께 신명 나는 우리 옛이야기 속으로 떠나 볼까요?

❀ 설쌤 ❀

대한민국 대표 이야기꾼. 우연히 청계천을 걷다 조선 시대에 온 뒤, 전기수가 되어 사람들에게 이야기를 들려주며 함께 울고 웃어요.

❀ 전기수 할아버지 ❀

책을 빌려주는 세책점의 주인이자, 거리에서 사람들에게 책을 읽어 주는 전기수. 무언가 감추고 있는 비밀이 있는 것 같아요.

❀ 미호 ❀

세책점에서 일하는 점원. 위기의 순간 설쌤을 도와주며 함께 지내게 돼요. 어려 보이지만 전기수 할아버지와 거침없이 대화를 나누어요.

❀ 바우 ❀

본래 박 영감 댁의 꼬마 노비였으나, 박 영감이 욕심을 부리다 잡혀간 이후로 세책점에서 일하고 있어요. 한양 지리에 빠삭하고 눈치가 빨라요.

❀ 토끼 ❀

산속에서 평화롭게 살다가 자신을 한껏 치켜세워 주는 별
주부의 말에 깜빡 속아 목숨이 위험한 줄도 모르고 용궁으
로 가요. 꾀를 내어 위기에서 벗어나고자 해요.

❀ 별주부 ❀

용왕을 살리기 위해서 얼굴도 본 적
없는 토끼를 찾아 위험을 무릅쓰고
육지로 나가요.

❀ 용왕 ❀

어느 날, 큰 병을 얻어 몸져눕게 되었
어요. 병이 낫기 위해서는 토끼 간을
먹어야 해요.

차례

프롤로그

가장 존경받는
양반, 김 대감

　김 대감은 마을에서 가장 존경받는 양반이에요. 글을 많이 읽어 학식이 높은 데다가 높은 벼슬을 오래 해 마을 사람들이 우러러보고 있지요.

　지금은 벼슬을 내려놓은 채 학문에만 몰두하며 조용한 나날을 보내고 있어요.

"김 대감님이 벼슬하실 적에 임금님께 큰 상도 여러 번 받았다면서?"

"그렇다네. 재산도 엄청 많아 집이 한양에서 손꼽히게 넓고, 하인도 수십 명이지 않은가."

"그 집 하인들이 그러는데, 벼슬을 내려놓으신 지금도 눈 뜨면서부터 주무실 때까지 글만 읽으신대. 정말 대단하신 분이야."

이렇듯 김 대감은 마을 사람들의 존경을 한 몸에 받고 있었어요.

이즈음, 한양을 뜨겁게 달군 얘깃거리가 하나 있었어요.

"이보게들, 활인서*에 새로 온 의원이 그리 용하다면서?"

"맞네. 약 달이는 솜씨며, 침놓는 실력이 조선 제일이라고 하더군. 활인서 앞에는 이 의원에게 진료받으려는 사람들 줄이 끝도 없다네."

사람들은 모였다 하면 활인서에 새로 온 의원에 대해 이야기했어요.

"그런데 말이야, 활인서라면 본래 길에서 구걸하는 이나 가난한 백성들이 병을 치료하려고 찾아가는 곳 아닌가?"

"그렇지. 그래서 전염병이라도 돌면 시체 치우느라 곤욕을 치른다고 하던데. 그런데 이분은 일부러 활인서로 왔다더군. 제대로 치료도 받지 못하는 이들을 돌보겠다고 말이야."

마침 오랜만에 외출을 나왔던 김 대감의 귀에도 이 이야기가 들어갔어요.

*활인서 조선 시대에, 한양에서 의료에 관한 일을 맡아보던 관아.

"실력도 대단한데 마음까지 너그럽고 덕이 높은 분이로 구먼. 모든 벼슬아치가 다 그분 같으면 좋겠네."

"활인서에만 있기 아까운 분이야. 그런 분이 나랏일을 해야 하는데!"

"그러게, 사실 양반이라고 다 잘난 것도 아니잖소!"

김 대감은 사람들의 이야기를 곱씹으며 집으로 향했어요.

'활인서의 의원이라면 중인* 신분일 텐데……. 양반보다 신분이 낮은 중인 따위가 나랏일을 해야 한다고?'

*중인 조선 시대에, 양반과 평민의 중간에 있던 신분 계급.

그날 밤, 김 대감은 쉽게 잠들 수가 없었어요. 낮에 거리에서 들은 말들이 계속 귓가에 맴돌았기 때문이에요.

"역시 천한 것들은 생각조차 천하군. 나랏일은 양반만이 할 수 있거늘. 뭐, 감히 중인이 나랏일을 해야 한다고?"

김 대감은 많은 사람들이 우러러보는 어른이었으나, 그의 진짜 모습은 존경받을 만한 사람이 아니었어요.

"양반과 중인은 엄연히 하늘과 땅 차이거늘……. 무식한 것들이 알지도 못하면서 어쩌고저쩌고."

잠이 싹 달아난 김 대감은 이부자리를 박차고 일어났어요.

김 대감에게 양반 신분이란 하늘이 정해 준 특별한 것이었어요. 그런데 사람들이 고작 중인을 양반에 비교하며 칭찬하던 소리를 떠올리자 속이 뒤틀렸지요.

기분이 상할 대로 상한 김 대감은 뜬눈으로 그날 밤을 지새웠어요.

며칠 뒤, 김 대감은 하인 하나가 아이를 업고 헐레벌떡 문밖으로 나가는 모습을 보고 물었어요.

"어디를 그리 바삐 가는가?"

"대, 대감마님! 저희 딸이 며칠째 열이 떨어지질 않습니다. 지금 아이가 열 때문에 힘들어해 급히 활인서에 가려는 길입니다. 거기서 환자를 돌보는 의원 나리가……."

"꼭 거기까지 갈 필요가 있는가? 내가 용한 의원을 불러 주겠네. 들어가서 기다리게."

활인서라는 말에 기분이 나빠진 김 대감은 하인의 말을 자르며 선심 쓰듯 말했어요. 하지만 하인은 김 대감의 제안을 정중히 거절했지요.

"대감마님, 정말 감사합니다! 그래도 활인서에 계신 의원 나리께서 고치지 못하는 병이 없다고 하니 저희 딸도 금방 낫게 해 주실 겁니다. 대감마님께 폐를 끼칠 수도 없으니 그냥 금방 다녀오겠습니다!"

양반도 아닌 그깟 의원이 뭐라고 다들 이 난리야?

부들

부들

아픈 딸을 업고 황급히 문밖으로 나가는 하인을 보며 김 대감은 이를 부득부득 갈았어요.

'가, 감히 활인서 의원 따위 때문에 내 선의를 무시하다니!'

그리고 며칠 뒤, 김 대감은 하인의 딸을 보게 되었어요. 아이는 건강을 되찾은 듯 훨씬 편안해진 모습이었지요.

"흠흠, 너는 이제 다 나은 게냐?"

김 대감이 묻자 하인의 딸이 밝게 웃으며 대답했어요.

"예, 대감마님. 저는 이제 괜찮아요! 활인서 의원 나리는 못 찾는 병이 없으시거든요! 아마 꾀병 환자가 와도 족집게처럼 잡아내실 거예요."

활인서 의원을 칭찬하는 말에 김 대감은 오장육부가 꼬이는 것 같았어요.

"꾀병? 그걸 알아내는 게 뭐 그리 대단한 일이더냐? 거짓말을 잡아내는 건 쉽지."

"우아, 정말요? 하긴 사람들이 그러는데요, 대감마님은 높은 벼슬을 하신 분이라 모르시는 게 없대요. 그래서 참말인지 거짓인지도 금방 아실 수 있는 거지요?"

양반은 뭐든 할 수 있다!

우아!

아이의 말에 우쭐해진 김 대감은 이렇게 말했어요.

"에헴! 대대로 하늘이 정해 준 양반이란 그런 것이다. 중인 의원 따위에 비할 바가 아니지. 나는 모든 이들의 마음을 꿰뚫을 수 있느니라."

그때, 김 대감에게 좋은 생각이 번뜩 떠올랐어요. 이참에 사람들이 양반을 더 우러러볼 수 있게 만들 방법 말이에요.

"보여 주랴, 양반인 내가 사람들의 거짓말을 얼마나 쏙쏙 잘 잡아내는지를?"

"다들 들었어요? 김 대감님이 내기 대회를 연대요!"
미호가 세책점 문을 벌컥 열고 들어오며 외쳤어요.

설쌤은 미호가 꼬리 아홉 달린 구미호라는 것을 안 뒤부터 슬금슬금 미호를 피해 왔어요. 그런데 이렇게 예고 없이 문을 벌컥 열고 들어올 때에는 피할 도리가 없었지요.
"미, 미호 왔구나? 바, 방금 뭐라고?"
"후유, 됐어요. 아저씨, 계속 이렇게 저를 피할 거예요?"

설쌤은 아무 말도 못 하고 미호의 눈치만 살피고 있었어요. 그때, 세책점 구석에서 쥐가 찍찍대는 소리가 들려왔어요. 설쌤은 자기도 모르게 미호의 등 뒤로 숨었지요.

미호가 쥐를 잡자, 설쌤이 눈을 가늘게 뜨며 물었어요.

"너……, 혹시 쥐를 먹기도 해?"

미호가 한심스럽다는 표정으로 이마를 짚으며 말했어요.

"아저씨, 구미호라고 다 그런 걸 먹는 줄 알아요? 저는 채식을 더 좋아한다고요!"

미호는 크게 한숨을 쉬며 말을 이었어요.

"저는 구미호로 태어났지만, 수백 년을 살아오면서 인간이 되어 가는 중이에요."

"인간이 되려면 어떻게 해야 하는데? 설마! 듣자 하니 구미호가 인간이 되려면 인간의 간을 먹어야 한다던데……."

설쌤이 슬금슬금 뒷걸음치며 묻자, 미호가 어이없다는 듯이 답했어요.

"인간들은 정말 한심해! 왜 그런 이상한 이야기를 지어 내는 걸까? 구미호는 여우 구슬만 잘 지키면 인간이 될 수 있어요. 제 구슬은 믿을 만한 사람에게 맡겨 두었고요."

미호의 말에 할아버지가 당황한 듯 딴청을 부렸어요.

"휴, 그러면 네 말을 믿고 다음 이야기를 준비해야겠다."

설쌤이 마음을 놓으려는 찰나, 미호의 장난기가 고개를 빼꼼 내밀었어요.

"그런데 아저씨의 간은⋯⋯, 싱싱한가요?"

"뭐! 뭐, 뭐라고⋯⋯!"

"허헛, 미호야, 그만해라! 사람 잡겠구나."

할아버지의 호통 뒤에야 미호는 장난을 그쳤어요.

빠져나가려는 정신을 붙들며 설쌤이 말했어요.

"이번에는 간을 지키는 이야기를 해 볼까 봐⋯⋯."

며칠 뒤

드디어 설쌤의 이야기판이 열리는 날이 되었어요. 사람들이 청계천 근처로 하나둘 모여들었지요. 오늘은 새로운 이야기가 시작되는 날이라, 사람들 모두 기대와 설렘이 가득한 얼굴로 설쌤을 바라보고 있었어요.

설쌤이 미소 지으며 이야기를 시작했어요.

"자, 지금부터 이야기할 〈토끼전〉은 바닷속에서 시작해 보렵니다!"

남해의 용왕이 새로 지은 용궁을 기뻐하며 큰 잔치를 열었습니다.
온갖 바다 생물이 모여 맛이 좋은 음식을 먹고, 춤추고 노래하며
삼 일 밤낮 동안 잔치가 계속되었더랍니다.

그런데 글쎄, 잔치가 끝나자 용왕이 병으로 몸져누운 게 아닙니까?
용한 의원을 부르고, 신통하다는 약을 써도 병은 통 낫지 않았습니다.

끙끙 앓는 것 말고는 할 수 있는 게 없어 용왕은 눈물이 다 나더랍니다.
그러던 어느 날, 용궁으로 신선이 찾아와 이렇게 말했습니다.

바닷속에서 서러운 울음소리가 들려 찾아왔나이다. 어디가 아프십니까?

한두 군데가 아니라오.

탁

척

눈은 보지를 못하고,
귀는 듣지를 못하며,
코는 냄새를 맡지 못하고,
입은 먹지를 못하오….

흐음….
저런….

이 병에는 딱 한 가지
약밖에 없습니다.
그건 바로….

솔깃

땅에 사는
토끼라는 짐승의
간입니다.

깜짝

신선이 돌아간 뒤, 용왕이
신하들을 불러 모았습니다.

모두 들라 하라!

척

용왕은 신선이 알려 준 방법을 신하들에게 이야기했습니다.

짐의 병이 나으려면 땅에 사는 토끼의 간이 필요하다.

짐을 위해 물 밖으로 나가 토끼의 간을 구해 올 자가 있느냐?

용왕의 말이 떨어지자 너 나 할 것 없이 딴청을 부렸습니다.
평소에 자기가 충성스럽다고 떠들어대던 자들도 마찬가지더랍니다.

…아무도 없느냐?

스윽

스윽

보다 못한 좌의정 고등어가 말합니다.

저희는 물 밖으로 나가면 바로 죽을 것이 뻔한데, 누가 나서겠습니까?

그것도 맞는 말이구나···. 아이고, 머리야.

참, 꽃게 장군이라면 물 밖에서도 살 수 있지 않은가? 꽃게 장군이 가거라!

신은 옆으로만 걸을 수 있어서···.

그렇지, 옆으로 걸어서 어느 세월에 토끼를 찾아?

37

누구 하나 나서는 자가 없어 용왕이 한숨만 푹푹 쉬던 그때였습니다.

신이 가겠습니다!

오!

휙

휙

별주부*가 육지로 가겠다고 나선 것이었습니다.

아….

삐질

삐질

삐질

엉금 엉금

엉금

엉금

*별주부 '별'은 자라를, '주부'는 조선 시대의 벼슬 가운데 하나를 뜻함.

39

"충신이다! 별주부가 참으로 충신이로다!"

큰 소리에 깜짝 놀란 사람들이 돌아본 곳에는 김 대감이
서 있었어요. 내기 대회에 대한 마을 사람들의 반응도 살
필 겸 설쌤의 이야기판에 기웃거리던 김 대감이 어느새 이
야기에 푹 빠져 자기도 모르게 추임새를 넣은 거예요.

"대감마님 오셨습니까?"

마을 사람들이 김 대감에게 꾸벅 인사를 했어요. 사람들
의 인사가 끝나기가 무섭게 김 대감은 설쌤을 재촉했어요.

"어서 충신 별주부 이야기를 계속해 보게."

기쁨도 잠시, 용왕은 걱정스런 마음으로 별주부에게 물었습니다.

그…, 걸음도 느리고 괜찮겠는가?

삐질

넙죽

맞습니다! 인간들에게 잡혀 자라탕이라도 될까 걱정이옵니다!

다른 신하들이 별주부를 시샘하며 깎아내렸지만, 별주부는 침착하게 대답하더랍니다.

스윽

저는 바다에서도 살 수 있고 땅에서도 살 수 있으며,

이렇게 숨는 재주도 있으니 잡힐 염려가 없사옵니다.

쏙

41

다만 제가 토끼를 본 적이 없으니, 토끼의 얼굴을 그려 주십시오.

그리하여 오징어가 제 먹물을 모아 그릴 준비를 하더니, 토끼 한 마리를 뚝딱 그려 냈습니다.

신이 예전에 그물에 걸려 죽을 뻔했을 때에 토끼를 본 적이 있소.

뿜 뿜

이 토끼라는 짐승은 귀가 미역처럼 길고 쫑긋하게 솟아 있는 것이 특징이오.

휘적

휘적

짜 잔

오, 맞소이다! 꼭 본 것처럼 똑같이 그렸구먼.

세상에 저렇게 희한하게 생긴 짐승이 있소이까?

별주부는 곧바로 육지로 떠날 준비를 합니다.
용왕에게 깊이 인사를 올리고, 다른 신하들의 배웅도 받으며,

넙죽

몸조심하시게.

아내와 자식들에게도 인사를 하고는,

여보, 꼭
가야만 하나요?

나를 말리지 마시오.
신하라면 당연히
해야 할 일이오!

육지를 향해 헤엄쳐 올라갑니다.

아버지,
얼른 돌아오세요!

휘적

휘적

곧 돌아오마!

"그 별주부 참 미련하다. 다른 신하들이 땅에 안 가려고 하는 건 다 이유가 있을 텐데."

"내가 별주부라면 절대 목숨 걸고 나서지 않았을 거요."

"그나저나 용왕도 참 너무하네. 아무리 병이 위독하다고 하더라도 아무 잘못이 없는 토끼의 간을 빼먹으려 하다니!"

"자기 목숨만 중하고, 남의 목숨은 중하지 않은가 보이."

이야기를 듣던 사람들이 너도나도 별주부를 답답하게 여기며, 용왕을 비판했어요. 그러나 김 대감만은 이렇게 말했지요.

"별주부의 행동이 백번 옳지! 임금은 하늘과 같으니, 임금이 건강해야 모든 백성이 평안한 거 아니겠는가!"

"그, 그런가……?"

"김 대감님은 맞는 말씀만 하시겠지……."

사람들이 머리를 긁적이며 느릿느릿 고개를 끄덕였어요.

김 대감이 덧붙였지요.

"충성스러운 별주부의 모습은 마치 벼슬에 있을 때의 내 모습과 같아, 그의 행동이 내게 큰 감동을 주는구나."

용궁을 떠나 한참을 헤엄쳐 올라온 별주부는 드디어 육지에 도착합니다.

잠시 숨을 돌린 별주부는 토끼를 찾기 위해 산속으로 향했습니다.
이제껏 용궁이 세상에서 가장 아름다운 곳인 줄로만 알았던 별주부는
육지의 아름다운 풍경을 보자 감탄이 절로 나왔습니다.

거, 물 밖 경치
한번 아름답다!

이렇게 좋은 곳에
사니까, 토끼의 간이
약이 되는구나!

산속 깊이 들어간 별주부는 동물들이 한데 모여 있는 모습을 보게 됩니다.
왜냐하면 딱 그날이 동물들이 중요한 회의를 하는 날이었기 때문입니다.

자, 오늘은 꼭 산속 동물들의 대장을 뽑읍시다.

나이가 제일 많은 동물이 대장을 하는 게 어떻겠소?

씨익

별주부는 동물들이 대장을 뽑는 장면을 흥미진진하게 구경하고 있었습니다. 그런데 그중에 어디선가 본 것 같은 동물이 있는 게 아니겠습니까?

앗, 저건!

두

둥

재가 누구더라?

별주부는 얼른 오징어가 그려 준 그림을 펼쳐 보았습니다.

아차차, 저것이 바로 토끼로구나!

주섬
주섬

이렇게 쉽게 토끼를 발견하다니요!

'생원'이라고 선비 호칭을 붙여서 불러 주면 홀랑 넘어오겠지?

별주부가 반가운 마음에 토끼를 서둘러 부르려던 게 그만….

토, 토…!

스윽

발음이 새는 바람에 '호 생원',
그러니까 호랑이를 불러 버렸지 뭡니까.

호 생원님!

버럭

누구냐, 이 몸을
부른 게?

척

저 깊은 산속에서 집채만 한 호랑이가 내려왔습니다.
낫 같은 발톱을 바짝 세우며 걸으니, 호랑이가 걷는 걸음마다
모래가 좌르르 흩어지더랍니다.

크르릉

아이고, 토라고
한다는 게 호라고 해서
호랑이가 나와
버렸구나!

별주부는 호랑이를 보고 놀라
등껍질 속으로 머리통과
팔다리를 쏙 집어넣었습니다.

이게 뭐야?

쏙

똥인가?

툭

삐직

뭐, 똥?

쑤욱

별주부가 명색이 용왕의 신하인지라 체면이 구겨지는 것은
참을 수가 없어, 호랑이에게 대뜸 따지기 시작했습니다.

버럭

내가 남해를
다스리는 용왕님의
신하이거늘! 뭐?

51

그러고는 겁도 없이 호랑이 다리를 콱 물어 버리는 게 아니겠습니까?

호랑이는 살점이 떨어져 나가는 아픔에 산이 떠나가라 비명을 지르며 그대로 달아나 버렸습니다.

별주부가 이번에는 실수하지 않으려고 신중하게 토 생원을 힘껏 외쳐 불렀습니다.

토 생원님! 토 생원님!

52

누군지는 몰라도 자기를 높여 불러 주니 토끼가 귀가 쫑긋하여 신나게 달려왔습니다.

드디어 바다의 별주부와 육지의 토끼가 만나게 되었지요!

　별주부의 우스꽝스러운 모습에 이야기판에서는 웃음소리가 끊이질 않았어요. 딱 한 사람, 김 대감만 웃음기 없는 얼굴로 이렇게 말했지요.

　"호랑이에게 덤비는 별주부의 용기가 대단하다! 그 용맹함이야말로 내 젊은 시절과 똑같구나!"

　김 대감의 말에 이야기판에 적막이 흘렀어요. 배를 잡고 웃던 사람들은 서로 눈치를 보다가 하나둘 일어나 박수를 치기 시작했어요. 설쌤도 허리를 숙여 박수에 보답을 했지만, 왠지 찝찝한 기분이 드는 건 어쩔 수 없었어요.

"대감마님, 오늘도 나오셨습니까?"

다음 날, 저잣거리에서 설쌤의 두 번째 이야기를 기다리던 사람들은 김 대감이 나타나자 공손히 인사를 올렸어요.

"한낱 전기수의 이야기라 하여 경박한 줄 알았는데 나쁘지 않더군. 오늘은 충신 별주부가 어떤 활약을 할지 기대되는구나."

설쌤은 기분이 상했지만, 이내 이야기를 시작했어요.

"그럼, 별주부와 토끼가 만난 산속으로 가 보시지요!"

별주부가 먼저 자기소개를 했습니다.

저는 바닷속 용궁에서 온 별주부라고 합니다. 토 생원님을 만나러 이곳까지 왔습니다.

그러고는 토끼가 듣기에 좋은 말이란 좋은 말은 죄다 해 주더랍니다.

토 생원님이 글을 잘 쓰신다고 들었는데, 이렇게 보니 풍채 또한 참 좋으십니다.

내…, 내가?

그렇습니다! 토 생원님에 대한 소문이 용궁에까지 쫙 퍼졌습지요.

촤악

나에 대한 소문…?

어험. 그래, 그래. 그나저나 나를 왜 찾아왔는가?

험

토끼는 별주부가 치켜세워 주자 잔뜩 거드름을 피우기 시작했습니다.

토끼의 이야기를 다 들은 별주부가
능청스럽게 되묻습니다.

그런데 육지에는
'토끼몰이'라는 게
있다면서요?

깜짝

인간들이 토끼를
잡겠다고 산에 사냥개를
풀고 덫을 친다던데….

육지가 아무리
좋다고 한들,
토끼몰이가 있으면
힘들지 않으십니까?

그, 그럼
별주부 사는
용궁은 어떠한지
말해 보시게!

용궁 얘기 들으시면
가고 싶어지실 텐데요.

그럴 리가.

저 깊고 푸른 바닷속 형형색색의 아름다운 해초가 자라난 곳에 웅장한 궁궐이 우뚝 솟았으니, 해와 달이 부럽지 않고, 용왕님이 어질게 다스리시니 날마다 평화롭기만 하지요.

슥

그러니 토 생원님, 저랑 같이 용궁에 갑시다!

어? 가, 갑자기?

스윽

멈칫

61

토끼가 귀를 쫑긋거리자 별주부가 한 번 더 꼬드깁니다.

사실 제가 이곳에 온 것은 육지로 나가 훌륭한 이를 모셔 오라는 용왕님의 명령이 있었기 때문입니다.

쫑긋

꾸벅

저는 토 생원님께 용궁을 지키는 훈련대장이 딱 어울린다고 생각합니다!

짠

훈련대장이라니! 벼슬이라니!

토 생원님은 땅에만 있기엔 참으로 아까우셔서 말입니다.

헤헤

토끼가 용궁에 가겠다고 대답하는 순간, 이야기를 듣던 저잣거리의 사람들이 들썩들썩하기 시작했어요.

"에구머니나! 토끼야, 정신 차리거라!"

"별주부의 사탕발림에 토끼가 홀라당 넘어갔네, 넘어갔어!"

김 대감도 가만히 있을 수 없었는지 한마디를 보탰지요.

"별주부의 재치와 말솜씨가 놀랍구나. 분명 뿌리 깊은 사대부 집안의 자제일 것이야!"

　　사람들이 김 대감을 보며 수군거렸어요. 이제 김 대감의 말이 맞는지, 틀린지는 중요하지 않았어요. 김 대감이 입만 열면 이야기의 재미가 뚝뚝 떨어졌으니까요. 사람들은 김 대감이 또 무슨 말을 보태기 전에 얼른 이야기를 계속하도록 설쌤을 재촉했어요. 설쌤도 서둘러 말을 이었지요.

　　"자, 토끼가 별주부의 꼬임에 홀라당 넘어가서는……!"

별주부가 엉금엉금 앞장서고, 토끼가 깡충깡충 뒤따르며 용궁이 있는 바다로 향합니다.

알았다, 알았어!

토 생원님, 바짝 따라오십시오!

엉금

엉금

깡충 깡충 깡충

그때, 지나가던 여우가 자라가 앞장서고 토끼가 뒤따르는 이상한 광경을 보았습니다.

엉금

깡충

엉금

엥?

여우가 궁금해 토끼에게 물었습니다.

토끼야, 어디 가니?

틱

나? 훈련대장하러 용궁 간다!

척

토끼의 이야기를 들은 여우는
배를 잡고 깔깔 웃더랍니다.

토끼 용궁 훈련대장

뭐어…?

까르르르

팡

팡

다 된 밥에 재 뿌릴까 싶어, 별주부는
서둘러 여우에게 호통을 칩니다.

이놈
여우야!

벌떡

깜짝

네 조상이 용궁에서
사기를 치고 달아난 게
생각나는구나! 이제라도
네가 벌을 받을 테냐?

넙죽

헉,
아닙니다!

헉!

아이고!

토끼는 막상 우르르 부서지는 파도를 보자 겁이 덜컥 났습니다.
저 바닷속에 무엇이 있는지 누가 알 것이며,
저 깊은 바닷속에는 또 무슨 수로 들어간단 말입니까?

나 저기 못 들어가네.
나 꼬르륵 숨이라도 막혀
죽으면 훈련대장이 다
무슨 소용인가?

후….

여태까지 토끼의 비위를 잘 맞추던 별주부도 이제는 부아가 치미는지 벌컥 화를 내더랍니다.

마음대로 하십시오! 인간들한테 잡혀서 죽든지 말든지!

별주부의 호통에 토끼도 슬그머니 꼬리를 내릴 수밖에 없었습니다.

아니, 뭐, 그래도, 내 자네를 믿어 보려 하는데….

용궁, 가시겠소?

토끼는 덜덜 떨리는 몸을 겨우 진정시키고는 별주부의 등에 올라탔습니다.

이윽고 용궁에 도착한 별주부와 토끼가 안으로 들어섰습니다.

신 별주부, 토끼를 잡아 돌아왔습니다!

두리번

꾸벅

후드득 후드득 챙그랑 챙그랑

이게 무슨 소리야, 혹시 환영식?

휙

별주부가 토끼를 잡아 왔다는 소식을 알리자 용궁 안은 이내 소란스러워졌습니다. 토끼를 잡으러 군사들이 달려들었기 때문입니다.

척

척

칭

칭

무슨 환영식이 이런 식이람?

내가 훈련대장 되면 이것부터 바꿔야겠네!

"자, 별주부에게 깜빡 속은 토끼의 운명은 과연⋯⋯."

〈토끼전〉의 두 번째 이야기판을 마무리하려던 설쌤의 말을 툭 잘라 내는 사람이 있었어요. 바로 김 대감이었지요.

"물속 세상이라고 다를 게 없지. 천한 토끼는 용왕의 뜻을 거스를 수 없을 게다. 반드시 배를 갈라 간을 내놓아야 할 것이야. 그것이 하늘이 정한 이치이다."

사람들은 김 대감의 말이 채 끝나기도 전에 듣기 싫다는 듯 주섬주섬 일어날 채비를 했어요.

*감언이설 귀가 솔깃하게 남의 비위를 맞추거나 꾀는 말.

"에헴, 그럼 나도 이만 손님들을 맞이하러 가 봐야겠군."

사람들이 하나둘 자리를 뜨자 김 대감도 이렇게 말하며 설쌤의 이야기판을 떠났어요. 그러자 바우가 설쌤에게 쪼르르 다가와 말했어요.

"김 대감님이 댁으로 가셨으니 곧 '김 대감을 속여라!'가 열릴 거예요. 우리도 구경하러 가요!"

설쌤도 마침 궁금하던 터라 바우의 제안이 반가웠어요. 이야기판을 서둘러 정리한 둘은 김 대감 댁으로 향했지요.

김 대감 댁 주변은 이미 많은 사람들로 와글와글했어요.
김 대감을 속일 준비를 해 온 사람들과 구경하려는 사람들
이 모두 몰려온 거예요. 설쌤과 바우는 놀라 속삭였어요.

"설쌤, 줄이 엄청 길어요. 모두 도전자들인가 봐요."

"이 사람들이 다 거짓말로 김 대감을 속이려는 사람들이
야? 열기가 대단한걸!"

"김 대감을 속인 사람에게는 전 재산의 절반을 상금으로
준다니까 그런가 봐요."

"오호, 그럼 사람들이 어떤 거짓말로 김 대감을 속이려는
지 구경해 볼까?"

　놀란 것도 잠시, 설쌤과 바우는 재미있는 구경거리를 앞
에 두고 잔뜩 기대하는 표정이 되었어요. 마침 새로운 도
전자가 김 대감과 마주 앉아 있었거든요.

　김 대감이 도전자를 보며 입을 열었어요.
"시작하게."

"예, 대감마님. 제가 가져온 이 보자기 안에 무엇이 들어 있는지 아십니까?"

도전자가 보자기 꾸러미를 하나 내밀며 말했어요.

"무엇이 들어 있는가?"

김 대감의 눈이 호기심으로 빛났지요. 도전자가 보자기를 풀자 토끼 한 마리가 든 작은 우리가 나왔어요.

"토끼 아닌가?"

"예, 그런데 이 토끼는 평범한 토끼가 아닙니다."

도전자가 슬슬 거짓말을 시작할 모양인 듯 싶었어요. 김 대감은 토끼를 요리조리 살펴보며 되물었지요.

"평범한 토끼가 아니면……?"

"바로 어제! 저 달에 가서 잡아 온 토끼입니다."

사람들이 웅성거리기 시작했어요. 김 대감은 도전자가 보내는 맹랑한 눈빛을 마주 보았어요.

"그래, 그랬겠지. 어제 달에 가서 이 토끼를 잡아 왔다 이 말이지?"

"맞습니다, 글쎄 제가 달에 갔더니 이 토끼가 방아를 찧고 있는 게 아니겠습니까?"

"방아를 찧었다, 또?"

김 대감이 계속해 보라는 듯 턱짓을 했어요.

"토끼의 절구 옆에는 계수나무도 있었고요."

"또?"

"제가 토끼를 잡으려고 계수나무 뒤에 몸을 숨기고 있었더랬지요."

"그랬는데?"

"토끼를 딱 잡으려고 슬금슬금 다가가는데 말이죠!"

"다가가는데?"

도전자가 손짓발짓을 곁들이며 어찌나 실감 나게 얘기하는지, 구경하던 사람들도 눈앞에서 토끼를 잡는 걸 보는 것처럼 숨을 죽였어요.

도전자가 벌떡 일어나 토끼처럼 깡충 뛰며 말했어요.

"이놈 눈치가 얼마나 빠른지 둥그런 달 저편으로 폴짝 도
망을 가더라, 이 말이죠!"

"흠……, 그래서?"

"아유, 그래서 제가 이놈 토끼를 잡으려고 저쪽으로 후다
닥! 그랬더니 토끼가 또 도망가느라고 이쪽으로 후다닥!"

"잡으러 뛰어다녔겠군! 둥근달 위에서?"

김 대감이 맞장구치자 도전자는 신이 나 대답했어요.

"맞습니다! 어제 밤새 둥근달 위를 뛰어다니느라 이 짚신
바닥이 다 닳았습니다. 겨우 토끼는 잡았으나 토끼가 방아
를 찧던 떡은 가져오지 못했으니 그게 아쉬울 뿐이지요."

도전자의 능청스러운 거짓말에 설쌤도 감탄을 했어요.

"이야, 정말 뻔뻔하다! 김 대감님이 이제 어쩌시려나?"

"어쩌시긴요. 김 대감님이 속지 않으려면 저 도전자의 말이 거짓이라는 걸 밝혀내야죠."

바우도 기대된다는 듯한 표정이었어요.

바로 그때였어요.

"이놈아, 거짓말도 작작 해라!"

제 말은 참말입니다, 대감마님.

으쓱

김 대감의 반격이 시작 되었어요.

"어젯밤에 둥근달 위를 뛰어다니며 이 토끼를 잡아 왔다고 했느냐?"

"그렇다니까요! 이 토끼가 그 증거입니다!"

도전자가 당연하다는 듯 대꾸했어요. 그러나 김 대감의 호통은 잦아들지 않았어요.

"예끼, 이놈! 네가 이 토끼를 달에서 잡아 왔다는 것은 거짓말이다. 왜냐하면……."

김 대감이 하늘을 가리켰어요.

"어제는 둥근달이 아니라 눈썹처럼 가느다란 그믐달이 뜨는 밤이었다. 그러니 토끼를 잡으려고 둥근달 위를 뛰어다녔다는 네 말은 거짓이지. 날 속이는 건 실패다!"

여기저기에서 사람들의 탄식이 쏟아졌어요. 박수를 치는 사람들도 있었지요.

"역시 김 대감님은 대단하셔. 모르는 게 없으셔!"

사람들의 감탄에 만족스러운 표정을 지으며 김 대감이 외쳤어요.

"토끼 들고 썩 꺼져라! 자, 다음!"

도전자는 토끼 우리를 품에 안고 재빨리 사라졌어요.

다음 도전자가 김 대감 앞에 섰어요.

"저는 대감마님께 드릴 선물을 가져왔습니다."

새로운 도전자는 가져온 보따리를 부스럭부스럭 풀었어
요. 김 대감뿐만 아니라 구경꾼들의 시선도 모두 그곳으로
쏠렸지요.

"자, 제 선물은 바로 이 옷입니다! 이 옷은 학식이 높은
사람 눈에만 보이지요. 당연히 대감마님께서는 이 옷이 잘
보이시겠지요?"

도전자는 옷을 두 손으로 조심스럽게 들어 올려 김 대감
의 눈앞에 갖다 댔어요.

설쌤은 눈을 끔뻑거리면서 보고 또 보았어요. 하지만 설쌤의 눈에는 아무것도 보이지 않았지요.

"내, 내 눈에는 안 보이는데……. 내 학식이 그렇게 낮았단 말이야? 바우 너는 저 옷이 보여?"

"보이긴요, 저 사람 손에는 아무것도 없는걸요."

바우의 말이 맞았어요. 도전자는 빈손이었지만, 뻔뻔하게 말을 이어 갔어요.

"조선에서 가장 좋은 옷감으로 지은 옷입니다. 대감마님께 선물하기 위해 특별히 마련한 것이지요. 한번 입어 보시겠습니까?"

구경꾼들이 다시 웅성거리기 시작했어요.

"껄껄! 그래, 그렇지. 훌륭한 옷이다. 아주 마음에 든다."

김 대감은 있지도 않은 옷이 마음에 든다며 만족스러운 웃음을 지었어요.

"그, 그러네! 색이 아주 곱네!"

"대감님께 아주 잘 어울리겠어."

옷이 어디 있냐며 눈치를 보던 사람들도 하나둘 맞장구를 쳤지요. 그 모습에 바우는 피식 웃음이 났어요.

"이리 좋은 옷을 그냥 받을 수 없지. 네게 옷값을 주마."

김 대감은 하인을 시켜 돈을 갖고 오게 했어요. 도전자에게는 엽전이 가득한 주머니가 건네졌지요. 묵직한 돈주머니를 손에 넣은 도전자의 얼굴에서는 웃음이 새어 나왔어요.

이게 웬 횡재냐!

묵직

도전자는 만족스러운 표정으로 허공에 대고 옷을 착착 접는 시늉까지 했지요.

"이를 어째? 김 대감님이 깜박 속아 넘어가신 것 같아."

설쌤이 바우에게 속삭였어요. 옷값까지 챙겨 주었으니 도전자의 거짓말을 인정한 것처럼 보였으니까요.

"그러게요. '김 대감을 속여라!' 대회는 이렇게 끝나려나 봐요. 생각보다 시시하네."

바우도 입을 삐쭉거렸지요.

그런데 김 대감이 도전자에게 불쑥 이렇게 말했어요.

"이리 귀한 옷을 구해 오느라 애썼으니, 이 옷은 내가 너에게 선물하고 싶구나. 자, 여기서 한번 입어 보거라."

"예?"

도전자는 당황한 표정이었어요. 김 대감은 계속 권했어요.

"어서 입어 보라니까."

잠시 머뭇거리던 도전자는 잘 개어 두었던 옷을 다시 펼치는 척하더니, 입는 시늉을 해 보였어요.

입어.

그러나 김 대감은 만족스럽지 않은 듯 고개를 저었어요.

"그리 입으면 어찌하나? 옷을 벗고 새 옷을 입어야지."

"아니, 그래도……."

도전자가 울상을 지었어요. 김 대감은 한 치도 물러날 생각이 없어 보였지요.

"뭘 꾸물대느냐, 어서 입어 보거라!"

결국 도전자는 그 자리에서 옷을 홀딱 벗어야 했어요. 있지도 않은 옷을 입기 위해 말이에요.

빈 보따리를 들고 왔던 도전자는 결국 돈주머니도 내팽 개치고 알몸이 되어 후다닥 도망을 가고 말았어요. 모두의 웃음거리가 된 채 말이지요.

"제 꾀에 제가 넘어간 꼴이로군. 자, 다음!"

"하하, 재산을 나눠 주려고 해도 가져갈 자가 없구나!"

김 대감이 하는 말은 아니꼬웠지만 그 누구도 반박할 수 없었어요. 김 대감을 속이는 게 쉽지 않았거든요. 큰 상금을 기대하며 도전했던 사람들은 대부분 망신만 당하고 돌아가기 일쑤였지요.

"또 누구 없느냐? 나를 속일 사람 말이다!"

김 대감이 의기양양한 목소리로 외쳤어요.

그때, 바우가 설쌤을 슬쩍 밀며 속삭였어요.

"설쌤도 해 봐요!"

바우 때문에 어쩔 수 없이 떠밀려 나왔지만 설쌤은 재빠르게 머리를 굴렸어요. 해 볼 만하다 싶은 이야기가 번뜩 떠올랐거든요.

  "대감마님, 제 얘기도 한번 들어 보시겠습니까?"

  설쌤이 김 대감 앞에 자리를 잡고 앉았어요. 김 대감도 흥미롭다는 표정이었지요.

  설쌤은 목소리를 흠 하고 가다듬고는 곧바로 이야기를 시작했어요.

  "대감마님, 너무 놀라지 마십시오. 저는 조선 사람이 아닙니다."

"조선 사람이 아니면……?"

"저는 미래에서 왔습니다. 지금으로부터 약 600년의 시간이 흐른 뒤에……."

김 대감은 흥미롭다는 표정을 지었어요.

"그랬겠지. 그 미래라는 곳에 대해 얘기해 보게."

"미래에는 놀라운 일이 가득하답니다. 대감마님이 상상하실 수 없을 정도로요. 예를 들면, 바다 건너 아주 먼 곳에 있는 사람과도 얼굴을 보며 대화를 나눌 수 있고요, 하늘을 나는 기계도 있으며……."

"또?"

"바퀴 네 개 달린 수레 같은 물건이 말보다 빨리 달립니다. 이걸 자동차라고 하는데, 한양은 이 자동차로 가득 차게 되지요. 상상이 좀 되십니까?"

'이쯤이면 꽤 놀라셨겠지. 반박하기 어려울 거야! 후후!'

설쌤은 본인의 이야기에 김 대감이 푹 빠져 있는 것 같아 꽤 만족스러웠어요. 김 대감이 어떤 반격을 해도 잘 받아칠 자신이 있었어요. 어쩌면 김 대감을 속이는 데 성공해 큰 상금을 받을지도 몰랐지요. 이런 상상을 하고 있자니 웃음이 비실비실 새어 나왔어요.

그때 곰곰 생각하던 김 대감이 낮은 목소리로 물었어요.

"전기수, 그런데 말이지⋯⋯."

"말씀하시지요, 대감마님."

"자네는 그 600년 뒤 미래라는 곳에서 이곳 조선까지 어떻게 왔지?"

"아⋯⋯. 그게⋯⋯. 그러니까⋯⋯."

설쌤은 아직도 생생한 그날 밤의 기억을 끄집어냈어요.

늦은 밤 청계천, 불빛이 일렁이던 책방, 수상한 할아버지와 여자아이, 물속에서 잡아끌던 우악스러운 손…….

"청계천! 청계천에 빠지면서요! 대감마님이 생각해도 말이 안 되죠? 청계천에 빠져서 조선 시대로 왔다는 게?"

설쌤의 호들갑에 김 대감이 못 참겠다는 듯 너털웃음을 터뜨렸어요.

"그래, 전기수 네 말처럼 말이 안 되지? 자, 다음!"

"그, 그게 아니라!"

"다음!"

설쌤은 빨개진 얼굴로 김 대감 댁 문을 나서야 했어요.

3화
꾀 많은 토끼

"저 전기수도 김 대감 댁에서 망신을 톡톡히 당했다며?"

"그러게, 이야기는 맛깔스럽게 하지만 거짓말에는 영 소질이 없는 모양이야."

〈토끼전〉의 세 번째 이야기가 펼쳐지는 날, 이야기판에서 사람들이 수군대는 소리가 설쌤의 귀에까지 들려왔어요. 아직까지 '김 대감을 속여라!'에 성공한 사람이 없어서 마을 사람들이 모였다 하면 이 이야기뿐이었거든요.

"김 대감님을 속이기가 이렇게 어려울 줄이야."

"나랏일 하는 양반은 진짜 뭔가 달라도 다른가 봐."

그때, 김 대감이 설쌤의 이야기판에 나타났어요. 사람들의 이야기를 들었는지 한껏 거드름을 피우면서 말했지요.

"허허허, 양반은 원래 좀 다르지."

사람들은 김 대감에게 인사를 하면서도 떨떠름한 표정을 지었어요.

"전기수! 이야기나 마저 해 보게. 충신 별주부가 멍청한 토끼를 잡아 왔으니, 이제 토끼 배를 가르는 일만 남았지 않은가!"

김 대감이 한껏 기대된다는 표정으로 말했어요. 설쌤이 목소리에 힘을 실으며 이야기를 시작했어요.

"예, 그러니까 용궁으로 붙잡혀 온 토끼가 말입니다요!"

그제야 토끼는 별주부에게 속았다는 사실을 깨달았습니다.

난 이제 꼼짝없이 죽었구나!

덜덜

히익

그러나 토끼는 포기하지 않았습니다. 요리조리 머리를 굴려서는…,

아니지, 호랑이에게 물려 가도 정신만 차리면 산다고 했다!

한 가지 꾀를 생각해 냈습니다.

옳거니! 그거야!

아아, 그 누가 내 말을 믿어 줄까?

스윽

토끼는 배를 쑥 내밀고는 발라당 드러누워 큰소리로 말하기 시작했습니다.

벌렁

자, 빨리 내 배를 갈라 보시오!

으응?

목숨을 구걸할 줄 알았는데 배를 갈라 보라니? 저게 무슨 짓이냐?

훗! 넘어왔군!

토끼는 더 뻔뻔하게 배를 내밀며 말했습니다.

깜짝

슥

갈라 보면 알 거 아닙니까? 내 뱃속에 간이 있는지, 없는지?

무어라, 간이 없을 수도 있다? 네 이놈! 간 없이 어찌 목숨이 붙어 있느냐?!

아, 그러니까 배를 갈라 보라고요! 나 죽으면 용왕님만 손해지, 뭐!

콩

토끼가 참으로 당돌하게 말하니 용왕은 토끼를 잘 구슬리기로 합니다.

찔
찔

그러지 말고, 사연을 말해 보거라.

용왕님, 자고로 토끼 간은 보통 간이 아닙니다요.

벌떡

본디 토끼의 간이라는 것은 달의 정기를 받아야만 하는지라….

싸아아

토끼 간

토끼 똥만 한 생물도 있고,

팔다리가 구분이 안 되는 생물도 있고,

허리가 노인처럼 굽은 생물도 있사온데….

어찌 간을 넣었다 뺐다 하는 짐승 하나가 없단 말씀이십니까?

삐질

그, 그건 그렇지만…?

용왕은 토끼의 말이 솔깃하나 도무지 믿을 수가 없어 또 묻습니다.

그렇다면 간이 들어가고 나오는 데가 어디냐?

에?

그러니까 그게 어디냐면….

바로 요기!

토끼는 천연덕스럽게도 거짓말을 술술 지어냈습니다.

간을 넣을 때에는 입으로 삼키고, 빼낼 때에는 바로 이 똥구멍으로 빼지요.

흠?

아이참! 못 믿겠으면 그냥 지금 배를 갈라 보시라니깐요?

아, 아니다! 배를 갈랐는데 간이 없으면 어찌하느냐?

토끼의 배짱과 번뜩한 꾀에 용왕은 꼼짝없이 속아 넘어갔더랍니다.

여봐라! 토끼, 아니, 토 생원의 밧줄을 풀어라!

씨익

아무리 생각해도 살아 있는 짐승이 간을 넣었다 뺐다 하는 건 말이 되지 않습니다.

아, 그럼 가르라고. 갈라!

아, 아니….

혁

훽

진짜 간이 육지에 있나…?

멈춰라! 누구든지 토 생원을 헐뜯으면 벌을 내리겠다!

척

곧 간을 가져올 토 생원을 위해 잔치를 베풀도록 하라!

피식

스윽

어쩔 수 없지….

107

토끼의 뻔뻔함에 이야기판에는 깔깔대는 소리가 멈추질 않았어요. 꼼짝없이 속아 넘어가는 용왕의 아둔함에 푸하하 웃는 소리도 끊이질 않았지요.

사람들의 반응이 이토록 좋으면 설쌤도 절로 힘이 났어요. 목소리에도 평소보다 힘이 더욱 들어갔지요.

신명 나게 이야기를 쏟아 내던 설쌤은 문득 김 대감과 눈이 마주쳤어요.

이야기판에 모인 모두가 웃고 있었지만, 김 대감만은 웃음기 없는 얼굴로 눈썹만 꿈틀거리고 있었어요.

'못마땅하시겠지. 그래도 어쩔 수 없어!'

설쌤은 김 대감의 표정을 못 본 체 이야기를 이어 갔어요.

"자, 이제 토끼는 육지로 돌아가야겠지요?"

뭐, 용왕이 한낱 토끼 따위에게 속아 넘어가?

별주부는 용왕의 명령에 어쩔 수 없이
또다시 토끼를 업고 육지를 향해 나아갔습니다.

육지로 나온 토끼는 신이 나서 별주부
등에서 폴짝 뛰어내렸습니다.

폴짝

토끼야, 이제
네 간이 걸려 있다는
계수나무로 가자.

?

슝

척

아이고, 배야!
웃겨 죽겠네!

깔
깔

너도 미련하고,
너희 용왕도 참
멍청하다.

슝

별주부는 그제야 깨달았습니다.
토끼에게 속았다는 것을 말입니다.

네가 날 속인 걸 생각하면 분이 안 풀린다만, 나도 너와 용왕을 속였으니 비긴 걸로 하자!

어기적

어기적

깡충

깡충

토끼 네 이놈! 아니, 이···, 이보게, 토 생원!

토끼가 재빠르게 산속으로 달아나 버리자, 별주부는 어찌할 바를 몰라 바닷가에 주저앉아 엉엉 울고 말았습니다.

아이고, 이대로 어떻게 용궁으로 돌아간단 말이냐!

털썩

별주부의 처량한 울음소리가 온 산속에 퍼져 그 소리를 토끼도 듣게 되었습니다.

이대로는 용궁으로 못 가네!

후유…, 내가 못 살아!

후우유

그런데 토끼도 그런 별주부가 좀 안됐다는 생각이 들더란 말입니다.

애, 별주부야. 너 계속 여기서 울고만 있을 거야?

우리 용왕님 못 살릴 바에야 난 그냥 여기서 콱 죽을란다.

그러지 말고 따라와.

싫음 말고.

또 속이려고 그러지?

…어딜 가는데?

와 보면 알 거 아냐!

116

꿍
꿍

?

됐다!

?!

부스럭
부스럭

제가 싼 똥을 별주부에게 건네는 게 아니겠습니까?

내가 힘들게
만든 거다. 이거
너희 용왕 갖다드려!

모락

스
윽

모락

이게 뭐야?

또 토끼에게 속은 것 같아 별주부는
버럭 화를 냈지만, 토끼가 또
능청스럽게 대꾸를 하니-

딱히 다른 방법도 없어
토끼 똥을 소중히 나뭇잎에
싸안고 용궁으로 돌아갑니다.

내 똥이다!

원래 토끼 똥은
인간들 약으로 쓴단다.
싫음 말고!

버럭

꼬옥

그래, 이것이
토끼의 간이냐?

여러 갠데…?

삐질
삐질

간은 아니오나….
토끼의 몸에서 나온 약입니다.
인간들도 이것을 명약으로
친다고 합니다!

용왕은 별주부의 말을 믿고
토끼 똥을 한입에 털어 넣었습니다.

그 맛 한번
희한하구나.

냄새도
좀….

우물

우물

그러더니 며칠 뒤….

내 병이
다 나은
듯하구나!

짜잔

용왕의 병이 씻은 듯이 나았더랍니다.
이렇게 토끼도 살고, 용왕도 병이 나아 잘 살고, 별주부도 살아
모두 모두 행복하게 잘 살았다는 이야기랍니다!

덩실

토끼가 준 약이
명약이로다!

덩실

덩실

휴!

덩실

응, 누가
내 얘기를
하나?

까닥
까닥

설쌤의 〈토끼전〉 이야기가 끝이 났어요. 사람들이 설쌤에게 보내는 우레와 같은 박수 소리 사이로 사람들의 속시원한 웃음소리가 섞여 있었어요.

"토끼의 꾀가 토끼도 살리고 용왕도 살리고 별주부도 살렸구나!"

"그 용왕이 참 미련하고 멍청해서 괜한 토끼만 고생했구먼."

"우리 사는 세상은 안 그런가요, 뭐? 임금이 현명하게 잘해야 백성들이……."

저마다 두런두런 이야기를 나누던 사람들은 심상치 않은 기운을 느끼고 말끝을 흐렸어요.

뭐가 어쩌고 저째?

김 대감이 화가 북받치는 듯 붉으락푸르락한 얼굴로 콧바람을 연신 내뿜고 있었거든요.

"에구머니나! 점잖으신 양반이 왜 저러실까?"

"〈토끼전〉이 영 재미가 없으셨나?"

설쌤도 흘금흘금 김 대감의 눈치를 살폈어요.

바로 그때, 김 대감의 벼락같은 호통이 터져 나왔어요.

"용왕은 바다 세상의 임금이다! 아무리 지어낸 이야기라 한들, 감히 임금을 속이는 이야기를 듣고 깔깔대며 웃다니! 무어라, 용왕이 미련하고 멍청하다? 대역죄로 천벌을 받을 것들!"

김 대감의 호통에 이야기판은 찬물을 끼얹은 듯했어요.

"저기, 대감님? 이것은 이야기일 뿐……."

설쌤이 분위기를 수습하기 위해 앞으로 나섰어요. 이야기를 듣고 자기 마음대로 해석하는 건 자유지만, 마음에 안 든다고 이렇게 호통까지 치다니요.

그러자 김 대감의 분노가 설쌤에게 향했어요.

"전기수 네 이놈! 미래에서 왔다는 둥 헛소리로 나를 속이는 데 실패하더니 여전히 사람들을 모아 두고 헛소리만 지껄이는구나! 네놈을 가만두지 않을 것이다!"

김 대감의 화는 쉽사리 가라앉지 않았어요. 화가 나 평정심을 잃자 평생 숨겨 왔던 속마음이 튀어나왔어요.

"임금과 충신을 웃음거리로 만들고 좋아하는 꼴들이라니! 하나 실제로는 어떠하냐? 천한 것들이 감히 날 속여 보겠다고 도전하지만 아무도 성공한 자가 없다. 감히 양반에게 대드는 꼴이 얼마나 우스운지!"

김 대감의 말을 들은 사람들의 얼굴이 굳어졌어요. 그간 마을에서 가장 큰 어르신으로 존경받던 김 대감의 말에 다들 충격을 받았지요.

여자아이 하나가 붉어진 눈을 하고 입술을 달싹거리더니 기어이 눈물을 터뜨렸어요. 바로 얼마 전 김 대감과 대화를 나누었던 김 대감 댁 하인의 딸아이였지요.

"흑……. 흑흑!"

"저런, 아이가 많이 놀랐나 봐."

"나도 놀랐네. 김 대감님은 뭐가 달라도 다르신 줄 알았는데……."

"토끼가 용왕 좀 놀려 먹는 이야기가 뭐 그리 대수라고 저러신담? 이야기는 참으로 재미있기만 했는데."

"우린 뭐 천한 신분으로 태어나고 싶어서 태어났나?"

사람들의 원성을 뒤로하고 김 대감은 두루마기를 거칠게 휘날리며 자리를 떠났어요. 사람들도 씁쓸한 기분으로 뿔뿔이 흩어졌지요. 설쌤의 어깨마저 축 늘어지고 말았어요.

한편 바우는 김 대감의 코를 납작하게 해 주고 싶다는 생각이 들었어요.

세책점으로 돌아온 설쌤과 바우는 밤이 늦도록 호롱불 밑에서 머리를 맞댔어요. 김 대감을 속일 방법, 아니 작전을 짜기 위해서 말이에요.

다음 날, 작전은 시작되었어요. 먼저, 바우가 마을 꼬마들을 불러 모았어요. 바우가 꼬마들에게 숙덕숙덕…… 그러자 꼬마들은 까르르 웃고는 우르르 어딘가로 몰려갔어요.

얼마 지나지 않아, 마을 꼬마들이 떼 지어 다니며 노래를
부르기 시작했어요. 마을 사람들은 처음 듣는 노래에 귀를
기울였지요.

"뭐라는 거야?"

"설쌤이 김 대감 조상님을 만났대. 근데 설쌤이 누구야?"

"그 세책점에 있는 전기수를 설쌤이라고 한다던데?"

"그렇구먼, 별 희한한 노래가 다 있네."

온 마을에 꼬마들의 노래가 둥실둥실 떠다녔어요.

"그것 참, 나도 모르게 따라 부르게 되네."

"나도 논에서나 밭에서나 이 노래를 부르고 있더라니까?"

끊임없이 귓가에 맴도는 꼬마들의 노래가 어찌나 잊히질

않는지 너도나도 노래를 흥얼거리게 되었어요.

꼬마들이 밤이고 낮이고 불러대던 이 노래는 김 대감 댁 담장까지 넘게 되었어요.

"또 허튼소리들을 하고 있군. 아무튼 천한 것들이 하는 짓은 다 마음에 안 들어!"

노래는 며칠 동안 끊임없이 들려왔어요. 김 대감은 아무렇지 않은 척 노래가 들려올 때마다 귀를 후볐지만…….

그게 가능할 리가 없었지요. 결국 김 대감은 읽던 책을 던져 버리고 자리에서 벌떡 일어났어요.

"여봐라! 아이들이 지금 무슨 노래를 부르고 있는 게냐?"

김 대감의 부름에 하인이 헐레벌떡 달려왔지만, 쉽게 입을 열지 못했어요. 하인이 쩔쩔매고 있는데, 또다시 꼬마들의 노랫소리가 쩌렁쩌렁 울리기 시작했어요.

김 대감이 다시 물었어요.

"내 조상을 만났다고? 허! 설쌤이라는 작자가 누구냐?"

"예, 그 전기수를 말합니다."

"그자가 있는 곳으로 당장 안내해라!"

"옳거니, 여기 있었구나! 네 이놈, 바른대로 말하거라!"

세책점 문을 벌컥 열고 들어온 김 대감은 다짜고짜 설쌤을 노려보며 따지기 시작했어요.

"저 노래 내용이 사실이냐?"

설쌤이 빙긋 웃으며 대답했지요.

"제가 말했지 않습니까? 저는 미래에서 왔다고요. 저는 미래에서 온 것처럼, 과거로도 갈 수 있거든요."

그러자 김 대감이 벌컥 소리쳤어요.

"여전히 말도 안 되는 소리를 하고 있구나!"

설쌤과 바우는 김 대감이 나갈 수 있도록 세책점 문을 활짝 열며 말했어요.

"안 믿으시면 하는 수 없지요. 그럼 안녕히 가십시오."

그러나 세책점을 나가는 김 대감의 걸음걸이는 눈에 띄게 느릿느릿했어요.

문턱을 막 넘으려던 김 대감이 설쌤에게 이렇게 물었어요.

"내, 내 조상님들께서 뭐, 뭐라고 하시더냐?"

"궁금하시죠? 그런데 이거 말씀드리기가 워낙 조심스러워서……. 게다가 대감마님은 잘 믿지도 않으셔서요."

"마, 말해 보거라!"

김 대감은 호기심을 못 이겨 설쌤에게 바짝 붙으며 말했어요.

"그분이 말씀하시기를! 드디어 족보를 사서 천민에서 양반이 되었다고 어찌나 좋아하시던지! 그걸 보는 제 기분까지 덩달아 좋아지더라니까요."

김 대감은 머리를 한 대 세게 얻어맞은 것 같은 기분이었어요.

"마, 말도 안 되는 소리! 우리 가문은 대대로 뿌리 깊은 양반집으로서……."

김 대감의 말이 채 끝나기도 전에, 때마침 나타난 미호가 세책점 밖을 힐끔 보더니 쩌렁쩌렁 외쳤어요.

미호가 외치는 소리가 어찌나 컸던지, 거리에 있던 사람들이 웅성웅성 모여들기 시작했어요.

"뭐라고? 김 대감님 조상님이 양반 족보를 샀다고?"

"족보를 샀다면, 원래는 양반이 아니라는 거잖아?"

"세상에, 그렇게 대대로 양반이라 떵떵거리시더니!"

김 대감은 정신이 혼미해지는 것만 같았어요.

'가만! 용궁에 붙잡혀 간 토끼도 정신을 똑바로 차리고 목숨을 구했지.'

"그럴 리가 없다. 다, 다시 확인해 볼 수는 없느냐?"

김 대감이 간절한 목소리로 설쌤을 설득했어요.

"제가 잘못 본 걸까요? 그럼 다시 과거로 가서 확인해 보고 올 테니 잠시만 여기서 기다리세요!"

설쌤이 말하고는 세책점 안쪽으로 사라졌어요. 김 대감은 설쌤을 기다리며 안절부절 몹시 불안해했지요.

잠시 뒤, 설쌤이 모습을 나타냈어요. 몹시 난처한 얼굴을 하고는 말이에요.

"이런! 잠시 착오가 있었던 모양입니다. 양반 족보를 산 건 다른 사람이었다네요. 김 대감님은 대대로 양반이 맞습니다."

설쌤의 이야기를 들은 김 대감은 양반 체통도 다 벗어던진 채 폴짝폴짝 뛰며 좋아하는 게 아니겠어요?

그런 김 대감을 보며 설쌤이 의미심장한 표정을 지었어요.

"그런데 말입니다, 지금 제 말을 온전히 믿으신 거지요?"

"뭐……, 뭐?"

김 대감은 설쌤이 무슨 말을 하는지 알 수 없었어요. 어안이 벙벙한 김 대감에게 설쌤이 말했어요.

"제가 과거에 다녀왔다는 걸 믿지 않으신다면, 김 대감님의 가문은 본디 천민이었을 수밖에 없으니까요. 그렇죠? 제가 대감마님을 완전히 속인 겁니다!"

"와아!"

구경꾼들에게서 기분 좋은 함성이 터져 나왔어요. 구경꾼들이 몰려든 탓에 김 대감은 잡아뗄 수도, 그렇다고 설쌤의 말을 반박할 수도 없는 지경이 되었지요.

김 대감이 도망치듯 세책점을 떠났어요.

전기수 네 말이 맞다, 맞아!

"전기수, 대단해! 정말 대단해!"

"왠지 좀 고소한 기분이 든단 말이야?"

갈 곳 없는 저를 거두어 주셔서 감사합니다.

오!

구경꾼들이 설쌤을 향해 박수를 쳐 주었어요.

그로부터 며칠 뒤, 설쌤은 김 대감으로부터 엄청난 액수의 상금을 받았어요. 설쌤은 이 상금을 전부 자신을 거두어 준 전기수 할아버지에게 주었어요.

137

며칠 뒤, 세책점은 설쌤의 투정으로 소란스러웠어요.

"할아버지! 제가 받은 상금을 할아버지께 다 드렸잖아요.
우리도 고기 좀 먹어……, 아야!"

설쌤의 머리 위로 할아버지의 곰방대가 휙 날아왔어요.

"청계천에서 솟은 너를 거두어 준 보답이라 하지 않았느
냐? 내게 준 돈을 어디다 쓰건 그건 내 마음이지!"

설쌤이 머리에 난 혹을 문지르며 구시렁거렸어요.

"욕심도 많으시지. 그 많은 상금을 다 어디에 쓰시려는
거야? 흑!"

할아버지는 투정을 부리는 설쌤을 보며 절레절레 고개를
저었어요. 그리고는 저 멀리 환한 빛이 비치는 활인서를
바라보며 슬며시 미소를 지었지요.

부록

재미있게 읽고
퀴즈도 풀어요

〈토끼전〉을 한번에 정리해 봐요!

① 병에 걸린 용왕

남해 용왕이 큰 병에 걸리자, 신선이 찾아와 토끼의 간을 먹으면 낫는다고 했어요.

④ 궁지에 몰린 토끼

용궁에 온 토끼는 군사들이 달려들자, 그제서야 별주부에게 속았다는 것을 깨달았어요.

② 육지로 간 별주부

별주부
제가 토끼의 간을 가져오겠습니다.

누구 하나 토끼의 간을 찾으러 나서는 이가 없는 가운데, 별주부가 선뜻 가겠다고 나섰어요.

③ 용궁으로 온 토끼

육지로 간 별주부는 토끼를 온갖 좋은 말로 꾀어내어 용궁으로 데려왔어요.

5 토끼의 배짱과 꾀

> **토끼**
> 저는 간을 넣었다 뺐다 합니다.

간을 육지에 두고 왔다는 토끼의 능청스러운 거짓말에 용왕은 꼼짝없이 속아 넘어갔어요.

6 다시 육지로

무사히 육지로 돌아온 토끼는 별주부에게 간 대신 자신의 똥을 약으로 줬어요.

7 건강을 되찾은 용왕

> **용왕**
> 토끼가 준 약이 명약이로다!

별주부가 바친 토끼의 똥을 먹고 용왕의 병이 씻은 듯이 나았어요.

교수님! 〈토끼전〉은 어떤 책이에요?

◈ 동물을 통해 전해 주는 풍자와 교훈 이야기, 〈토끼전〉 ◈

지은이 알려지지 않음   **시대적 배경** 알려지지 않음

지은 시기 조선 시대   **갈래** 판소리계 소설, 우화 소설

주제 지혜와 용기의 중요성, 헛된 욕심에 대한 경계

〈토끼전〉은 용왕의 병을 고치기 위해 토끼의 간을 구하러 육지로 간 별주부와, 토끼의 이야기를 담은 고전 소설이에요. 토끼와 별주부의 말과 행동을 통해 지혜와 용기가 얼마나 중요한지, 그리고 헛된 욕심이 얼마나 부질없는지 알려 주고 있어요.

한편 〈토끼전〉은 지배 계층을 비판하는 고전 소설로도 유명한데요, 당시 사람들은 한낱 '토끼'가 욕심 많은 지배 계층인 '용왕'과 '별주부'를 골탕 먹이는 이야기를 통해서 사회를 비판하고 삶을 살아갈 힘을 얻었답니다.

〈토끼전〉은 〈별주부전〉, 〈토생원전〉, 〈수궁가〉 등으로 불리는데요, 다양한 이름만큼이나 결말이 가지각색이랍니다. 어떤 이야기에서는 토끼가 똥을 내어 주지 않아 용왕이 죽기도 하고, 또 어떤 이야기에서는 별주부가 용왕에게 벌을 받는 것이 두려워 도망을 치기도 한답니다.

▲ 〈토끼전〉

✳ 〈토끼전〉의 뿌리, 〈구토 설화〉

〈토끼전〉의 근원이 된 이야기는 〈구토 설화〉예요. '구토(龜兔)'는 거북이와 토끼라는 뜻으로, 〈구토 설화〉의 내용은 〈토끼전〉의 내용과 비슷해요. 〈구토 설화〉의 이야기는 〈삼국사기〉에 실려 있어요. 신라 선덕 여왕때, 김춘추(훗날 태종 무열왕)는 고구려에 갔다가 옥에 갇혀 목숨을 잃을 위기에 놓인 적이 있어요. 그때, 한 고구려 장수가 김춘추에게 들려준 것이 바로 〈구토 설화〉예요. 김춘추는 〈구토 설화〉의 토끼처럼 말로써 위기를 극복해 무사히 신라로 돌아왔고, 훗날 태종 무열왕이 되었어요.

◈ 이 책을 함께 읽는 부모님 · 선생님께 ◈

〈토끼전〉의 토끼는 별주부가 용궁에 가면 훈련대장을 할 수 있다고 유혹하자 아무런 의심 없이 따라갑니다. 허영심 때문에 신중하게 판단할 기회를 놓쳤기 때문입니다. 그랬던 토끼가 용궁에서 죽게 되었을 때에는 꾀를 부려 위기에서 탈출합니다.

이러한 토끼의 모습은 사실 우리 인간과 무척 닮아 있습니다. 인간은 누구나 자신의 이익 앞에서는 판단을 제대로 내리지 못하는 어리석음을 가지고 있고, 위기에 처하면 어떤 수단을 써서라도 벗어나려고 하니까요. 그러니까 〈토끼전〉은 어리석은 토끼가 용궁에 갔다가 살아서 돌아온 이야기에 불과한 게 아니라, 결국 우리 인간의 본성을 그대로 비춰 주는 거울이라 할 수 있습니다. 〈토끼전〉은 옛날이야기이지만 바로 오늘 우리들의 이야기로 읽는다면 더 큰 재미와 감동을 느낄 수 있을 것입니다.

- 한양대학교 국어교육과 류수열 교수

설쌤! 옛날 사람들은 어떻게 살았어요?

❀ 조선 시대에도 병원이 있었나요?

조선 시대에도 아픈 사람을 치료해 주는 기관들이 있었어요. 왕실의 건강을 책임지는 내의원, 도성 안에서 아픈 사람들을 치료해 주던 활인서와 혜민서를 꼽을 수 있어요. 또한, 오늘날의 개인 병원처럼 개인이 운영하는 약방도 있었지요.

❀ 활인서는 어떤 곳이었나요?

활인서는 조선 시대에 도성 안에서 가난한 사람들을 치료해 주었던 곳이에요. '활인'은 사람의 목숨을 구하여 살린다는 뜻이지요. 활인서의 주요 업무는 아픈 사람들을 치료해 주는 일이었지만, 갈 곳이 없는 사람들을 보호하고, 전염병이 돌면 환자를 받아 그들에게 약이나 음식을 주고, 시신을 땅속에 묻는 일까지 담당했어요.

동대문 밖의 동활인서, 서소문 밖의 서활인서, 두 군데로 운영되었다고 해요.

▲ 한양 지도에 표기된 활인서

✿ 중인은 어떤 사람들을 가리키나요?

중인은 조선 시대에 양반과 평민의 중간에 있던 신분 계급으로, 기술직이나 사무직에 종사하던 사람들을 일컫는 말이에요. 중인은 주로 전문 지식이나 기술을 가진 사람들로 관청에서 일을 했어요.

도화서에서 왕실의 중요한 행사를 그림으로 기록하는 화원, 내의원에서 왕족의 건강을 돌보는 의관, 외국에서 사신이 왔을 때 통역을 하거나 번역을 했던 역관 등을 중인으로 들 수 있어요. 이 책에 나온 활인서의 의원도 중인 신분이었고요. 중인은 전문적이고 중요한 기술을 가졌지만 양반이 아니었기 때문에 오를 수 있는 벼슬에 한계가 있었어요.

✿ 양반 족보를 사면 양반이 될 수 있었나요?

조선 시대 초기에는 양반이 얼마 없었으나 후기로 갈수록 양반이 점차 늘었어요. 이렇게 양반이 늘어난 이유는 돈으로 양반이 될 수 있는 방법이 있었기 때문이에요. 조선 후기에는 장사 등으로 부를 축적한 평민들이 등장했는데, 이들은 자신들이 가진 부에 걸맞은 신분 상승을 원했어요. 그래서 돈이 많은 사람들은 나라에 곡식이나 뇌물을 바쳐서 관직을 사거나, 양반 가문의 족보를 사들이기도 했어요.

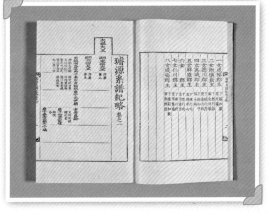

▲ 족보의 모습

설쌤과 함께 생각을 나눠 봐요!

Q 용왕의 신하들이 육지로 나가기를 주저할 때, 별주부만이 선뜻 가겠다고 나섰어요. 왜 그랬을까요?

별주부는 용왕의 건강을 진심으로 걱정한 충신으로서, 신하의 도리를 다하고자 하는 마음이었을 거예요. 별주부는 자신은 육지에서도 살 수 있고, 등딱지를 이용해 위험에 잘 대처할 수 있다고 말하여 용왕과 신하들을 설득하고, 마침내 육지로 가서 토끼를 데려왔어요.

Q 토끼는 왜 별주부를 따라 용궁으로 갔을까요?

토끼는 별주부가 '토 생원님'이라고 높여 부르며 한껏 치켜세워 주자, 금방 거드름을 피우기 시작했어요. 글도 잘 쓰고, 풍채도 참 좋다는 등 듣기 좋은 말과 칭찬, 그리고 용왕이 벼슬까지 내린다는 '감언이설(甘言利說)'에 그만 홀라당 넘어가고 말았어요.

✱ 거짓말로 용왕을 속여 육지로 돌아온 토끼의 행동에 대해 어떻게 생각하나요? 미호와 할아버지의 이야기를 읽고 자신의 생각을 자유롭게 펼쳐 보세요!

 목숨을 잃을 뻔한 큰 위기 앞에서 번뜩이는 꾀로 자신의 생명을 구한 토끼는 대단해. 죽음의 공포 앞에서도 어쩜 저렇게 능청스럽게 말할 수 있었을까?

토끼는 자신의 생명을 소중하게 생각했기 때문에 당당한 태도를 보여 줄 수 있었을 거야. 그리고 자기만 생각하고 다른 동물의 생명은 하찮게 여기는 용왕은 바닷속을 다스릴 자격이 없다는 생각도 들었을 거야.

쏙쏙 들어오는 어휘력 노트

활인서 조선 시대에, 한양에서 의료에 관한 일을 맡아보던 관아를 말해요. P.18

벼슬아치 관청에 나가서 나랏일을 맡아보는 사람을 말해요. P.19

중인 조선 시대에, 양반과 평민의 중간에 있던 신분 계급을 말해요. P.19

충신 임금에게 충성을 다하는 신하를 이르는 말이에요. P.40

경박하다 말과 행동이 신중하지 못하고 가벼운 것을 말해요. P.56

치켜세우다 지나치게 높이 칭찬해 주는 것을 말해요. P.58

사대부 벼슬이 높은 집안의 사람을 이르는 말이에요. P.63

다 된 밥에 재 뿌리기 거의 다 된 일을 마지막에 우연한 일로 망친다는 뜻을 가진 속담이에요. P.66

감언이설 귀가 솔깃하게 남의 비위를 맞추거나 꾀는 말을 뜻해요. P.75

맹랑하다 하는 짓이 만만히 볼 수 없을 만큼 똑똑하고 영악한 것을 말해요. P.79

제 꾀에 제가 넘어간다 꾀를 내어 남을 속이려다 도리어 자기가 그 꾀에 속아 넘어간다는 뜻을 가진 속담이에요. P.89

호랑이에게 물려 가도 정신만 차리면 산다 아무리 위급한 상황이더라도 정신만 똑똑히 차리면 위기를 벗어날 수 있다는 뜻을 가진 속담이에요. P.98

잘 읽고 이어지는 문해력 퀴즈에 도전해 보세요!

① 글을 읽고 알맞은 말에 ◯해 보세요.

> 김 대감 : 감히 양반보다 신분이 낮은 (사대부/중인) 주제에!

② 용왕이 토끼의 간을 구하러 갈 신하를 찾을 때,
신하들이 말한 내용을 알맞게 선으로 연결해 보세요.

① 꽃게 ●　　　● ㉠ 다리가 없다.

② 조개 ●　　　● ㉡ 옆으로만 걸을 수 있다.

③ 고등어 ●　　● ㉢ 물 밖으로 나가면 죽는다.

③ 글을 읽고 빈칸에 들어갈 알맞은 말을 골라 보세요. (　　)

> 별주부 : 아마 토 생원님은 육지 짐승 가운데에서도 가장
> 뛰어나실 테지요?
> 토끼 : 어험, 당연하지. 그나저나 나를 왜 찾아왔는가?

> 토끼는 별주부가 [　　　] 주자, 잔뜩 거드름을 피웠습니다.

① 치켜세워　　　② 깎아내려　　　③ 업신여겨

4 <토끼전>의 내용으로 맞으면 ○, 틀리면 ✕ 해 보세요.

① 토끼의 간을 찾아 육지로 간 신하는 별주부예요. (　　　)

② 용왕은 육지에 간을 두고 왔다는 토끼의 말을 그대로
　 믿었어요. (　　　)

③ 토끼를 등에 태우고 육지로 올라온 별주부는 계수나무에
　 있는 토끼의 간을 가지고 용궁으로 돌아갔어요. (　　　)

5 <토끼전>을 읽고 사건이 일어난 순서를 맞혀 보세요. (　　　)

> ㉠ 별주부가 토끼를 온갖 좋은 말로 꾀어내어 용궁으로
>   데려왔어요.
>
> ㉡ 용왕이 병에 걸리자, 별주부가 토끼의 간을 찾으러 육지로
>   떠났어요.
>
> ㉢ 토끼가 별주부에게 자신의 똥을 약으로 주었고, 이것을
>   먹은 용왕은 병이 씻은 듯이 나았어요.
>
> ㉣ 토끼가 간을 육지에 두고 왔다고 말하자, 용왕이 토끼를
>   육지로 돌려보냈어요.

① ㉠-㉡-㉣-㉢　　　　　② ㉡-㉠-㉣-㉢

③ ㉡-㉠-㉢-㉣　　　　　④ ㉢-㉡-㉠-㉣

6 <토끼전> 등장인물의 대사를 읽고 이야기와 어울리지 <u>않는</u> 말을 하는 사람을 찾아보세요. (   )

① 용왕: 불쌍한 토끼를 육지로 돌려보내 주거라!
② 토끼: 나는 간을 넣었다 뺐다 할 수 있소!
③ 별주부: 제가 육지로 가서 토끼를 데려오겠습니다!

7 글을 읽고 상황에 어울리는 속담을 찾아보세요. (   )

> 용궁에 도착한 토끼는 그제서야 별주부에게 속았다는
> 사실을 깨달았습니다. 그러나 토끼는 포기하지 않았습니다.
> 요리조리 머리를 굴려서는 한 가지 꾀를 생각해 냈습니다.
> 토끼의 배짱과 번뜩이는 꾀에 용왕은 꼼짝없이
> 속아 넘어갔더랍니다.

① 앓던 이 빠진 것 같다.
② 송충이는 솔잎을 먹어야 산다.
③ 서당 개 삼 년이면 풍월을 읊는다.
④ 호랑이에게 물려 가도 정신만 차리면 산다.

미호의 독서 일기

1. 아무리 좋은 말도 지나치면 조심해야 한다. 토끼가 위험에 빠진 것은 별주부의 감언이설에 넘어갔기 때문이다.

2. 눈앞의 위기를 기회로 만든 토끼의 배짱과 꾀가 정말 놀랍다.

3. 육지로 다시 돌아온 별주부가 토끼를 놓치고 엉엉 우는 모습을 볼 때 안쓰럽고 불쌍했다. 토끼가 명약을 만들어 주어서 정말 다행이다.

설쌤의 독서 일기

1. 목숨을 잃을 뻔한 순간에도 포기하지 않고 위기의 상황을 벗어나는 토끼의 용기와 지혜를, 이야기를 들은 모든 사람들이 잘 새겼으면 좋겠다.

2. 자신의 목숨을 위해서라면 다른 생명은 어떻게 되든 상관없다는 용왕의 태도는 바닷속 임금답지 않았다. 우리 모두 자신의 생명을 지키기 위해 용왕과 당당히 맞선 토끼의 모습을 기억하면 좋겠다.

_____의 독서 일기

✽ 재밌었던 장면, 베스트 3

✽ 인상 깊은 문장이나 대사, 베스트 3

정답 및 해설

① **정답** 중인

해설 '중인'은 조선 시대에, 양반과 평민의 중간에 있던 신분 계급을 말해요.

② **정답** ①-ⓒ, ②-㉠, ③-ⓒ

③ **정답** ①

해설 '치켜세워'는 '지나치게 높이 칭찬하여'라는 뜻이에요.

④ **정답** ①-O, ②-O, ③-X

해설 계수나무에 간을 걸어 두었다는 토끼의 말은 거짓이었어요. 별주부는 간 대신 토끼가 준 똥을 가지고 용궁으로 돌아갔어요.

⑤ **정답** ②

해설 용왕이 병에 걸리자, 별주부가 토끼의 간을 찾으러 육지로 떠났어요.(ⓒ) 별주부가 토끼를 온갖 좋은 말로 꾀어내어 용궁으로 데려왔어요.(㉠) 토 끼가 간을 육지에 두고 왔다고 말하자, 용왕이 토끼를 육지로 돌려보냈어 요.(ⓔ) 토끼가 별주부에게 자신의 똥을 약으로 주었고, 이것을 먹은 용왕 은 병이 씻은 듯이 나았어요.(ⓒ)

⑥ **정답** ①

해설 용왕이 토끼를 육지로 돌려보낸 이유는 간을 얻기 위해서예요.

⑦ **정답** ④

해설 '호랑이에게 물려 가도 정신만 차리면 산다.'는 아무리 위급한 상황이더 라도 정신만 똑똑히 차리면 위기를 벗어날 수 있다는 뜻을 가진 속담이 에요.

문제를 풀고 나서
다시 한번 책을 읽으면
더욱 재미있을 거예요!

설민석의 우리 고전 대모험 4

ⓒDankkumi Corp.

1판 1쇄 인쇄 2024년 10월 21일
1판 1쇄 발행 2024년 11월 18일

글 설민석·최설희 | **그림** 강신영 | **감수** 류수열

펴낸이 설민석, 장군 | **사업총괄** 노성규
개발총괄 조성은 | **편집** 신은아, 류지형 | **정보 원고** 김지현
디자인 황아름, 윤나래, 강은정, 김지선, 안혜원 | **영업** 양원석, 박민준, 최연수, 황단비
마케팅 박상곤, 강지성, 박혜인, 방현영 | **제작** 혜윰나래
사진 한국민족문화대백과사전, 서울역사박물관, 국립중앙박물관

펴낸곳 단꿈아이
출판등록 2019년 10월 8일 제 2019-000111호
문의 내용문의 dankkum_i@dankkumi.com
　　　구입문의(영업마케팅) 031-623-1145 | Fax 031-602-1277
주소 13487 경기 성남시 분당구 판교로 242(삼평동), C동 701-2호

홈페이지 dankkumi.com | **인스타그램** @seolsamtv | **유튜브** '설쌤TV' 검색

ISBN 979-11-93031-44-5
　　　979-11-93031-40-7 (세트)

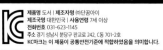